AF282279

Apollo – eine Dackelgeschichte

Ein Dackel erzählt

2. Auflage 2022

Anne Teutschbein-Licha

© 2022 Anne Teutschbein-Licha
Herstellung und Verlag: BoD - Books on Demand, Norderstedt
ISBN: 978-3-7597612-7-9

Das Buch ist meinen Eltern und meinem Bruder gewidmet,
die es mir ermöglicht haben, schon als Kind einen kleinen
Dackel in mein Herz zu lassen, und die jedes missglückte
Pfützchen stoisch ertragen haben,
– und meinem Mann, der sich nicht von 7 Dackeln
abschrecken lassen hat und sich von der Dackelei
anstecken ließ.

Apollo sagt vielmals Danke an Frauchens Kolleginnen,
die immer, wenn Not am Dackel war, eingesprungen sind,
damit Frauchen bei uns sein konnte.
Danke auch allen Tierärztinnen und Tierärzten,
der Klinik in Hofheim, die Frauchen und uns, wenn es knifflig,
ernst und schwierig wurde, stets geholfen haben
und für uns da waren und auch immer sind.

orwort

Ein kleiner Dackelmann ganz groß, Apollo – ein Dackel erzählt seine und die Geschichte seiner Familie. Viele kleine Erlebnisse machen ein großes Ganzes. Apollo möchte euch, und alle Dackelbegeisterten und die es vielleicht noch werden wollen, an seinen Abenteuern und vielen Erlebnissen teilhaben lassen. Dieses Buch soll in eine kleine Welt entführen, die manchmal im Verborgenen liegt, mit all ihren schönen und manchmal auch traurigen Zeiten.

Viel Spass beim Lesen und Träumen.
Euer Apollo

pollo – eine Dackelgeschichte

Ein Dackel erzählt

Es war in einer kalten Januarnacht – Oh, ich habe mich noch gar nicht vorgestellt, ich bin Apollo aus der Götterdämmerung, ein Kurzhaarzwergdackel, ein kleiner Herzensbrecher mit langer Nase, Schlappohren und einem Blick, der Steine erweichen kann – als mein Bruder und ich auf die Welt kamen.

Zofe
mit Apollo und Ares
(1 Woche alt)

Mein Bruder heißt Ares aus der Götterdämmerung, meine Mama Zofe von der schönen Weide und mein Papa ist der stolze Alf von der Teckeltatze. So, jetzt kennt ihr meine Familie, na ja eigentlich noch nicht ganz. Dazu gehören noch zwei Zweibeiner, bei denen meine Mama und wir zwei Brüder wohnen. Den Rest unserer Rasselbande stelle ich euch später vor.

Jetzt erst einmal zu uns. Wie schon gesagt, wir wurden in einer kalten Januarnacht geboren. Draußen blies der

Zofe
mit Apollo und Ares
(2 Tage alt)

*Zofe
mit Apollo und Ares
(14 Tage alt)*

kalte Nordwind sein Lied. Wir werden blind und taub geboren. Also haben wir am Anfang nicht viel von unserer Umgebung mitbekommen. Nur die Wärme unserer
Mama, wenn sie uns geputzt und gesäugt hat. Sie hat sich
immer ganz dicht an uns gekuschelt.

Herrlich! Ihre Zunge hat beim Putzen schön gekitzelt und
wenn sie uns nach dem Essen gesäubert hat, war sie sehr,
sehr gründlich. Manchmal haben wir gequengelt, weil wir
das nicht wollten. Sie hat unsere Bäuchlein massiert, da-

*Apollo
mit Mama und Bruder
(3 Wochen alt)*

mit wir unsere großen und kleinen Geschäfte erledigen konnten. Sie hat dann alles weggeputzt. Sie war immer sehr sauber.

Als wir 10 Tage alt waren, haben wir unsere Augen geöffnet. Was es da alles zu sehen gab. Wir erkundeten unsere Wurfkiste, krabbelten in ihr herum und suchten den Ausgang. Mama hatte viel zu tun. Mein Bruder und ich lernten nun auch unsere Zweibeiner kennen. Alle paar Stunden kam sie zu uns, um mit uns zu spielen. Zuerst wurden wir aber gewogen, begutachtet und auf den Kopf gestellt. Als wir 2 Wochen alt waren gab es Medizin.

Frauchen sagt, die müssen wir jetzt oft essen. Das war eine Wurmkur und wir sollen uns daran gewöhnen. Das schmeckte überhaupt nicht gut. Mein Bruder und ich haben gestrampelt, aber es hat nichts genützt. Sie war noch gründlicher als unsere Mama.

Apollo
(7 Wochen alt)

Apollo
und sein Plüsch-Schwein
(5 Wochen alt)

Wir sind inzwischen 4 Wochen alt und haben unsere Umgebung weiter erkundet. Der Boden unter unseren Füßen ist immer schön warm, und wir liegen gern ganz ausgestreckt und aalen uns. Die Welt ist schön. Mamas Milchbar ist rund um die Uhr geöffnet, wir spielen und Toben, klettern auf unseren Zweibeinern herum und mit unseren kleinen spitzen Zähnchen knabbern wir alles an. Sehr zum Leidwesen unseres Frauchens. Mama hat gesagt, die Zweibeiner sind Frauchen und Herrchen. Komische Namen, aber gut. Sie bringt immer Essen für Mama und für uns. Mamas Milch schmeckt allerdings viel besser und Frauchen ist ganz verzweifelt, weil wir nichts anderes essen wollen.

Heute war ein ganz besonders aufregender Tag. Wir durften raus in die große weite Welt. Dort war es toll. So viele neue Gerüche, Geräusche und andere Dackel. Mama war ganz schön nervös. Die Anderen waren Tante Luna, Tante Flo und ein Rauhaardackel namens Rumpel. Der war riesig und sehr Furcht einflößend. Sein Fell war gar nicht so weich wie unseres und es stand überall ab. Er grummelte uns an. Das machte überhaupt nichts, wir versuchten ihn am Bart zu zupfen und am Schwänzchen.

Als es ihm zuviel wurde ging er. Wir durften in den Garten und haben uns auf Entdeckungsreise begeben. Bald waren

wir hungrig und haben unsere Mama angebettelt. Schnell
an sie kuscheln, essen und dann ins Land der Träume.

Das war eine schöne Zeit. Wir machten Entdeckungstou-
ren durch die Wohnung unserer Zweibeiner. Dort gab es
noch viele andere Tiere. So lustige kleine, die rannten
durch ihre Käfige und quiekten. Mama stand immer davor und wollte sie fangen. In einem anderen Käfig zwit-
scherte es, wie im Garten. Die Federn landeten auf unseren Nasen und wippten auf und ab. Abends, wenn wir alle
müde waren, durften wir zu Frauchen mit auf einen Ge-

genstand, den sie Sofa nannten. Eingekuschelt in warme Decken, genüsslich auf dem Rücken liegend, die Füße in die Luft gestreckt, genossen wir das Leben.

Eines schönen Tages, ich streckte gerade mein Dackelschnäuzchen in den Garten, sah ich etwas schwarzes Kleines an der Tür entlangkrabbeln. Meine Neugier war geweckt, nichts wie hin. Auf einmal zwickte es an meinem Mäulchen, Hilfeeeeee dachte ich, der Käfer will mich fressen. Ich rannte quietschend und jammernd durch den Garten und dann wieder ins Haus. Mein Frauchen und alle kamen angerannt, um mich zu retten. Endlich hatte mich Frauchen im Arm und .... fing an zu lachen. Unverschämt, ich werde gefressen und mein Frauchen lacht. Ganz schnell hat sie den Käfer von meiner Lefze abgepflückt und ihn ins Gras gesetzt. Sie meinte: „Apollo, das ist doch nur ein Kornkäfer". Na und, dachte ich mir, so ein riesen Untier an mir kleinem Dackelmann, wer weiß, was da alles passieren kann. Nachdem sich alles beruhigt hatte, habe ich mich erst mal an meine Mama gekuschelt und wurde getröstet, sie hat mich nicht ausgelacht, sie hat mich geputzt und ich durfte mich an ihrem Öhrchen in den Schlaf nuckeln.

Als wir acht Wochen alt waren, sagte unser Frauchen wir müssen geimpft werden, damit wir nicht krank werden.

Wir bekamen eine Spritze, das juckte vielleicht, wie viele kleine Ameisen. Frauchen sagte, wir sollen uns nicht so anstellen, das hört gleich wieder auf.

Eines Tages kamen noch zwei Zweibeiner zu uns. Sie kuschelten uns und sagten wie niedlich wir seien. Dann nahm Frauchen uns auf den Arm und plötzlich zwickte und pikste es am Ohr. Ich dachte, schon wieder eine Impfung. Aber nein, wir wurden tätowiert. Vor Schreck vergaß ich, wie tapfer ich eigentlich bin und musste jammern. Mein Bruder war viel tapferer als ich. Er

Zofe
mit Apollo und Ares
(7 Wochen alt)

ist auch viel größer und viel ruhiger. Er schaut sich alles aus der Entfernung an. Dann entscheidet er was er tut. Ich bin ein kleiner Angsthase, sagt mein Frauchen. Ich sehe das anders, ich bin nur vorsichtig! Mein Ohr brannte etwas und juckte. Ich rannte schnell zu meiner Mama und holte mir Trost. Als die Zweibeiner weg waren, kehrte wieder Ruhe ein.

Wir bekommen jetzt auch schon richtiges Futter. Lecker Rehfleisch, Magerquark und Trockenfutter. Aber an Mamas Milch kommt nichts heran. Leider will sie nicht mehr so gern, dass wir an ihr säugen. Unsere Zähnchen tun ihr weh.

Aber auch die schönste Zeit ist einmal vorbei. Heute war ein trauriger Tag. Mein Bruder Ares hat uns verlassen. Frauchen war ganz traurig. Sie sagt, Ares heißt jetzt Bony und bekommt eine neue Familie. Aber wir sind doch seine Familie. Mama war auch ganz traurig. Sie hat ihn gesucht und gesucht. Ich habe sie getröstet und mit ihr gekuschelt. Ob wir ihn je wieder sehen?

Die Tage vergehen und ich bin ein halbes Jahr alt. Inzwischen bin ich stubenrein. Das heißt, ich bin schon groß und erledige meine Geschäftchen draußen, wie Mama und die Anderen. Meine Zähne wechseln und ich verliere meine spitzen Zähnchen. Sie werden gegen mein bleibendes Gebiss getauscht. Jetzt tut es den Anderen nicht mehr so weh, wenn wir spielen. Ich habe mir sogar meinen Platz bei Frauchen erkämpft. Abends, wenn alle schlafen gehen, sollte ich in meinem Körbchen schlafen. Das habe ich gar nicht eingesehen, so ganz allein. Quengeln, quengeln, jammern und den traurigsten Blick aufsetzen, schon darf man mit ins Bett. Das war ein hartes Stück Arbeit, das kann ich euch sagen. Frauchen wollte hart bleiben, aber mir kann niemand widerstehen. Meinen Platz am Fußende habe ich mir bis heute erhalten.

Ich kann auch ganz schnell rennen. Herrchen hat mit einem raschelnden Ding gespielt, also bin ich hin, hab hin-

Apollo (li.) und Ares (re.)
(1 Jahr alt)

ein gebissen und gezogen. Ein Ratsch, ein Riss und ich war stolzer Sieger. Es wedelte hinter mir her. Herrchen schrie und schimpfte. Ich wusste überhaupt nicht wieso. Frauchen erklärte mir, ich hab Herrchens Buch kaputt gemacht. Darin liest er Geschichten. Es tat mir auch leid. Also bin ich zu ihm und habe solange gequengelt bis ich auf seinen Schoß durfte, dann habe ich ihm durchs Gesicht geleckt. Er lachte und war nicht mehr böse.

Manchmal denke ich an meinen Bruder, wie es ihm wohl geht? Frauchen spricht oft mit seiner neuen Familie und sagt, dass es ihm gut geht. Bald fahren wir in den Urlaub und werden ihn besuchen. Ich bin gespannt was ein Urlaub ist.

Nun ist es soweit. Unsere Körbchen sind verpackt, das Futter auch. Los ging es. Wir sind lange Auto gefahren. Da habe ich mich eingerollt und geschlafen. Wir durften dort viel toben und Frauchen hatte viel Zeit für uns. Das schönste war aber das Treffen mit meinem Bruder. Wir haben uns sofort wieder erkannt. Er ist viel größer als ich und geht in die Schule. Das ist ein Ort, wo er lernt sich gut zu benehmen. Frauchen sagt, da muss ich auch bald hin. Es war ein herrlicher Tag. Leider war er viel zu schnell vorbei und wir fuhren wieder. Ein paar Tage spä-

Ares

Apollo

Mittagsschläfchen

ter sahen wir uns wieder. Dort waren viele Leute, die uns betrachteten. Sie sahen uns ins Maul, in die Ohren und waren ganz zufrieden. Sie sagten, dass aus uns mal was werden wird. Was denn wohl? Nun, wir werden sehen. Mein Bruder hat schon ein paar Auszeichnungen gewonnen. Frauchen sagt, ich habe noch Zeit, bis ich zu Ausstellungen gehe. Ich bin gespannt. Bald war unser Urlaub zu Ende und wir fuhren nach Hause.

Ich habe viel Spaß mit meiner Familie. Immer ist einer da, der mit mir spielt. Mama putzt mich und ich darf einfach alles, wenn sie da ist. Frauchen sagt immer, ich bin ein Charmeur und man kann mir nichts abschlagen.

Wenn ich was angestellt habe oder etwas möchte, setze ich meinen traurigsten Dackelblick auf und lasse die Ohren hängen. Das zieht immer. Nur einmal nicht. Ich habe Frauchens neue Schuhe angefressen. Da war sie böse. Da hat auch kein Dackelblick geholfen. Sie hat mich ausgeschimpft und ich habe keinen Gute-Nacht-Keks bekommen wie die Andern. Ich bin nie wieder an ihre Schuhe gegangen. Aber ich kann auch mit Herrchens Socken viel Spaß haben. Ich schleppe sie weg und verstecke sie. Herrchen rennt hinter mir her. Frauchen sagt, er ist selber Schuld, wenn er mich immer mit den Socken ärgert. Manchmal pflücke ich mir die Socken vom Wäscheständer und laufe hin und her, bis es einer merkt und hinterher läuft. Ein tolles Spiel.

Wenn ich müde bin, kuschele ich mich an meine Mama, nehme mir ein Ohr von ihr ins Maul und nuckele mich in den Schlaf. Frauchen nimmt es mir immer wieder aus dem Schnäuzchen und schimpft. Wenn sie wegsieht, nehme ich es einfach wieder ins Mäulchen und nuckele vorsichtig weiter.

Ich habe bei meinem großen Kumpel Rumpel alle Freiheiten. Ich darf sogar Futter aus seinem Napf stibitzen. Tante Flo ist da zickiger. Sie grummelt mich immer an. Allerdings wartet sie immer mit dem Fressen, bis ich neben ihr sitze und ihr Gesellschaft leiste.

Seit neuem habe ich eine neue Freundin. Sie heißt Josy und ist wie Rumpel ein Rauhaardackel. Aber sie ist ein Mädchen. Sie ist größer als ich und ihr Fell ist borstig. Man kann herrlich mit ihr spielen. Wir spielen ganz toll zusammen. Am liebsten spielen wir Tauziehen mit, ratet mal, natürlich Herrchens Socken. Das ist ein Spaß, aus normalen Socken Kniestrümpfe zu machen.

Josy

Am liebsten liege ich in der Sonne und döse bei meiner Mama. Draußen renne ich wie der Wind durch die Gegend und wenn es irgendwo gut duftet, wälze ich mich darin. Frauchen ist darüber nicht begeistert. Sie schnappt mich und dann muss ich baden. Igitt Wasser. Ich weiß gar nicht, was Tante Luna daran findet. Sie liebt es. Sie springt in jeden Teich und sammelt alles raus, was Frauchen rein wirft. Rumpel schlägt Blasen und strampelt wie wild. Mama und ich bleiben am Ufer und sehen zu. Sonntags gibt es für alle von uns kleine gekochte Eistücke. So lecker. Wenn Frauchen Joghurt isst, dürfen wir den Becher ausschlecken. Jeder möchte von uns dann der Erste sein. Joghurtrestchen kleben auf unseren Nasen und das große Putzen beginnt.

Manchmal bringt unser Frauchen merkwürdig riechende Tiere mit nach Hause. Tante Luna flippt total aus. Frauchen war dann auf der Jagd. Wir dürfen alle daran riechen und mal reinbeißen. Puh dieses Fell im Maul. Na, so toll finde ich das noch nicht. Frauchen sagt, das wird schon noch und wir werden das üben. Demnächst werde ich, wie mein Bruder, in eine Schule gehen. Das wird bestimmt interessant. Davon werde ich euch ein anderes Mal erzählen.

Bis dann euer Apollo.

# Apollo und Quackie

Ein Entenkücken zieht bei uns ein

Hallo meine Lieben, ich habe euch ja schon erzählt, dass mein Frauchen manchmal komisch riechende Tierchen mitbringt. Nur diesmal durften wir damit nicht spielen, es hat sich bewegt, hatte Federchen und piepste leise vor sich hin. Es bekam einen Käfig und durfte mit im Wohnzimmer sein. Es war ein kleines Entenküken, die Kleine hatte den Anschluss an ihre Familie verloren und war in die Praxis gebracht worden, in der mein Frauchen arbeitete. Da mein Frauchen nicht nein sagen kann, hat sie es mit nach Hause genommen. Quackie hieß die Kleine.

Sie wuchs ganz schön schnell und bald bekam sie ein Häuschen im Garten, mit eigenem Pool, damit sie schwimmen lernen konnte. Ich war ja noch ein kleines Dackelmännlein und als ich mal schauen wollte, wer da so im Garten herumplantschte, kam dieses Ententier wild flügelschlagend auf mich zugerannt, hab ich mich erschrocken, Frauchen hat gesagt, ich sei wild schreiend davongelaufen, das kann ich mir ja nun so gar nicht vorstellen, aber wenn Frauchen das sagt.....mein Frauchen lügt nie. Den Rest des Sommers habe ich um dieses Planschbecken einen großen Bogen gemacht. Quackie lernte schnell, was es heißt, eine große Ente zu sein.

In ihrem Pool lernte sie das Gründeln, wenn der Rasen nass war, hüpfte sie mit beiden Füssen hoch und runter, um kleine Lebewesen aufzuscheuchen, dann blubberte sie mit ihrem Schnäbelchen in der Pfütze umher und siebte ihr Futter heraus.

Quackie lernt schwimmen . . .

. . . und gründeln

So langsam wurde sie zu groß und Frauchen sagte, es wird Zeit, dass unsere Quackieente wieder in die Freiheit entlassen wird. Also hat sie eines Tages Fresschen einge-packt, Quackie genommen und ist mit ihr an einen Bach gefahren, vermutlich an den Bach wo sie auch einst aus dem Ei geschlüpft war. Hier hat Frauchen Quackie noch einmal das Köpfchen gestreichelt, ihr ein bisschen Proviant ausgebreitet und sie in den Bach gesetzt. Dann ist sie am Bach entlanggelaufen und Quackie ist nebenher mitgeschwommen. Dann hat sich unser Frauchen versteckt und beobachtet was Quackie so macht. Zuerst hat sie eine

ganze Weile nach Frauchen gerufen und ist etwas aufgeregt im Kreis geschwommen. So langsam gewöhnte sie sich an die neue Umgebung und fing an sie zu erkunden. Plötzlich tauchten noch andere Enten auf und Quackie schaute interessiert zu ihren Federfreunden. Frauchen ist

dann ganz langsam vom Bach weggelaufen und hat aus der Ferne geschaut was passiert. Quackie hatte Anschluss und Frauchen konnte beruhigt, wenn auch wehmütig, zu uns nach Hause kommen. Sie war schon ein bisschen traurig, aber mein Frauchen hat gesagt, Quackie ist ein Tier aus der Natur und dahin gehört sie zurück, sie wäre sonst nicht glücklich. Na und ein unglückliches Quackie wollen wir natürlich nicht haben. Wir sind oft zu dem Bach gelaufen und haben die Enten beobachtet, bestimmt war unsere Quackie auch dabei und ist nun glücklich im Kreise ihre Federfreunde.

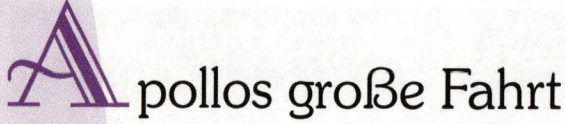pollos große Fahrt

Der Umzug

Der Sommer ging ins Land und die Tage wurden wieder kürzer, die Nächte kälter und die liebe Sonne versteckte sich oft hinter Regenwolken. Bei uns zu Hause war irgendwas im Busch. Es verschwanden so viele Dinge, überall standen plötzlich große Kisten, die man herrlich durch die Gegend schieben konnte. In diesen Kisten verschwanden unsere ganzen Spielsachen, Decken, unser schönes Sofa war auch plötzlich weg. So langsam kam mir die Sache komisch vor.

Nur gut, dass meine Mama, Tante Luna, Tante Flo und Onkel Rumpel nicht verpackt wurden. Die waren alle da, und somit war alles in Ordnung. Ich konnte kuscheln und meine Mama hat mich geputzt und umsorgt. Frauchen sagte, bald wird alles anders, wir ziehen nämlich um. Dann war es soweit, alle unsere Körbchen waren auf einmal weg, viele Autos standen plötzlich bei uns vor der Tür und nun wurden auch wir verpackt. Stellt euch das vor, unsere Reisekisten wurden gemütlich mit Decken ausgelegt, dann durften wir uns da hineinkuscheln und ab gings ins Auto. Das kannte ich, das war wie in den Urlaub fahren. Hm, vielleicht ging es ja in den Urlaub?

Nach einer Weile stieg Frauchen auch ins Auto, sie sagte nun geht's los. Dann waren wir viele Stunden unterwegs. Zwischendurch wurde ich mal ein bisschen quengelig, ich musste mal, hatte Hunger und wollte gern mal ein bisschen spielen. Frauchen machte immer Pausen mit uns, aber spielen durften wir nicht. Dann endlich waren wir da. Hier standen dann unsere ganzen Sachen, unser

Apollo (li.) und Tante Luna (re,) in Ubstadt

Apollo –
Kuscheln mit Mama

Zofe

Luna

Zofe

auf der Sofalehne beim Sonnen

Sofa, unsere Körbchen und Kuscheldecken und unsere Futterboxen. Wenn ich nur wüsste wo wir jetzt sind.

Frauchen sagte, wir sind vom Norden in den Süden gezogen. Hier sind die Sommer heiß und die Winter mild, hat Frauchen gesagt. Eigentlich gar nicht so schlecht, aber wir hatten keinen Garten mehr, das hat mir gar nicht gefallen. Frauchen sagte, daran wirst du dich schon gewöhnen, na ich weiß ja nicht. Schön war, dass ich nun ganz oft mein Brüderchen sehen sollte. Wir waren jetzt ganz in seiner Nähe und weil es seinem Frauchen nicht so gut

Apollo, Ares und Rumpel

Rumpel *Luna*

ging, zog er wieder bei uns ein. Herrlich, wir haben so viel gespielt, Onkel Rumpel geärgert und zusammen bei unserer Mama eingerollt geschlafen.

Nach einer Weile war alles eingeräumt, alles hatte seinen Platz und wir hatten uns eingelebt. Frauchen hat jetzt direkt unter unserer Wohnung gearbeitet. Sie hatte viel mehr Zeit für uns. So langsam hielt der Frühling Einzug. Es wurde wärmer, die liebe Sonne schien immer häufiger und wir aalten uns in ihren Strahlen.

Eines Tages sagte Frauchen zu mir, dass nun der Ernst des Lebens für mich beginnen würde. Ich war nun bereits ein Jahr alt, ein stattliches Dackelmännlein. Frauchen sagte, bald beginnt für mich die Schule. Ich war schon so gespannt, was das wohl ist – die Schule.

pollo wird erwachsen

– die Schule

An einem schönen Aprilmittwochnachmittag packte Frauchen einen Rucksack, ein Näpfchen, eine Decke und jede Menge Leckerchen. Heute war mein erster Schultag. Im Wald angekommen, waren da viele andere Hunde, jede Menge Dackel, die sahen alle aus wie mein Onkel Rumpel und auch andere Fellnasekumpels. Das war ganz schön aufregend.

Ein lustig aussehender Zweibeiner sagte uns wo es lang geht. Er hatte einen Bart, einen Hut und eine durchdringende Stimme. Einmal war ich ein bisschen aufgeregt, und hab nicht so ganz zugehört und habe, glaube ich, auch ein bisschen viel gebellt, da dröhnte eine laute Stimme über die Wiese: Apollo, Ruhe jetzt! ich hab mich so erschrocken, Onkel Jürgen hat mal ganz kurz eine Ansage gemacht und schon habe ich gehört. Frauchen hat mich angeschaut und gesagt: siehst du, schön leise sein. Immer wenn Onkel Jürgen in der Nähe war, hab ich mich besonders angestrengt.

Wir haben gelernt wie man „bei Fuß" läuft, wie man sitzt, wie man sich hinlegt, vorausläuft, auf Frauchen wartet ohne zu jammern, sich ablegt und bleibt und Frauchen sucht. Das habe ich ganz schnell erledigt. Frauchen ist von mir weggegangen und hat sich versteckt, dann musste ich sie suchen. Na, ohne mein Frauchen geht ja gar nichts, also bin ich wie der Blitz durch den Wald gefegt und habe sie immer ganz schnell gefunden. Jetzt kam der nasse Teil, ich sollte doch tatsächlich ins Wasser gehen und schwimmen. Nun, das war ja eigentlich nicht so meins. Frauchen hatte da so eine Idee. Meine Tante Luna war ja eine richtige Wasserratte, also sollte sie mir die

Apollo und Frauchen
beim Schwimmen

35

Wasserfreude beibringen. Als ich ihr so zugeschaut habe wie sie im Wasser geplanscht hat, dachte ich mir, das sieht doch spannend aus. Das Größte war, sie hat immer ein Spielzeug bekommen, das sie rausholen durfte. Also bin ich über meinen kleinen Dackelschatten gesprungen und ab ins kühle Nass gehüpft, ich konnte gar nicht genug bekommen. Das war geschafft. Nach einem halben Jahr war ich mit der Schule fertig.

Nun folgte auch noch eine Prüfung, Frauchen war so stolz auf mich, ich bin durchs dichteste Brombeergestrüpp ge-

Zofe Luna Flo

Apollo   Ares

Tag der Prüfung

*Apollo und Luna
beim jagdlichen Einsatz*

saust, um sie zu finden, das habe ich nur für mein Frauchen gemacht.

Jetzt begann der zweite Teil, Frauchen sagte, jetzt kommt noch das Dackelabitur. Ihr wisst ja, dass mein Frauchen auch auf die Jagd geht. Sie sagte, das ist uns Dackeln ins Blut gelegt. Meine Tante Luna, war eine tolle Jägerin, natürlich nur mit meinem Frauchen zusammen. Von ihr habe ich so viel gelernt. Sie war richtig passioniert, mit 8 Monaten war sie schon mit Frauchen unterwegs und hat Rehlein gesucht. Ihre Prüfungen hat sie mit Geschick und Eigenwilligkeit gelöst, immer sehr zur Überraschung der Prüfer.

Ich suchte, wurde schussfest und behielt meine innere Ruhe in jeder Situation. Nur eins tat ich nie wieder – durchs Brombeergesträuch gehen, das habe ich nur getan, um Frauchen zu suchen. Beim Nachsuchen musste sie mich immer und jedes Mal um pieksige stachlige Pflanzen herumtragen, danach ging es weiter. Auch diese Prüfung haben Frauchen und ich bestanden.

Nun folgte noch eine Zuchtschau, ich wurde vermessen, meine Zähnchen begutachtet und ich musste im Kreis laufen, damit man meine Rückenlinie, mein Bäuchlein und meine Dackelbeinchen beurteilen konnte. Mein Brüderchen war mit im Ring, also liefen wir zwei Brüder miteinander. Dann war auch das geschafft. Nun war ich erwachsen.

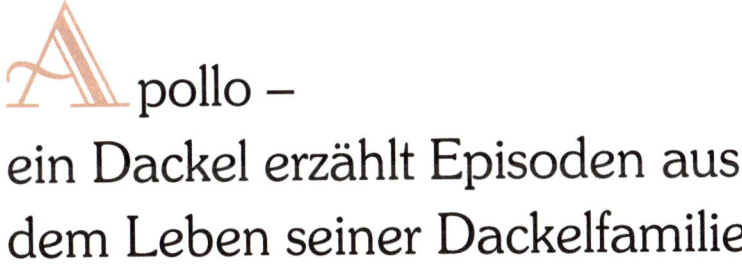Apollo –
ein Dackel erzählt Episoden aus dem Leben seiner Dackelfamilie

Meine Schwester wird geboren

So langsam haben wir uns in unserer neuen Umgebung eingelebt. Wir haben die Wälder und Felder erkundet und unser Dackelleben in vollen Zügen genossen. Eines Tages, als ich wild mit meiner Mama toben wollte, hat Frauchen gesagt: "nein Apollo, heute nicht, nicht ganz so wild, Du bekommst kleine Geschwisterchen". Nanu ich hab doch schon einen Bruder und er ist gar nicht mehr so klein, der ist sogar größer als ich. Hm, dann bin ich mal losgezogen und hab sie gesucht, kein Geschwisterchen in Sicht. Frauchen hat gelacht und gemeint, ein bisschen muss ich mich noch gedulden. Meine Mama wurde immer rundlicher und spielen wollte sie auch nicht mehr mit mir. Aber kuscheln und putzen und Öhrchen nuckeln zum Einschlafen, das ging noch.

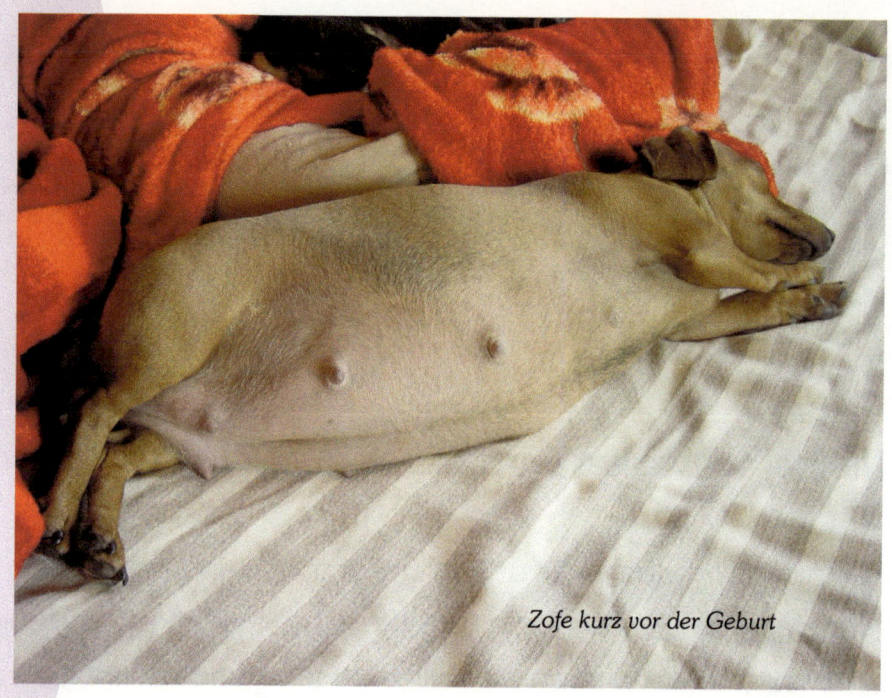

Zofe kurz vor der Geburt

Nach einer Weile baute Frauchen so ein komisches Ding auf, vier hohe Wände mit einem Türchen, das verschlossen war. Dahinein kam unsere große Autokiste. Diese wurde schön gepolstert. Ich saß davor und wunderte mich.

Eines schönen Februarmorgens, die Sonne schien schon durch die Fenster und kleine Staubflöckchen tanzten durch die Luft, wurde unser Frauchen plötzlich ganz hektisch. Sie sagt zu uns, wir sollen schön brav sein und nichts anstellen, dann verschwand sie mit meiner Mama.

Nach einer ganzen Weile, ich war gerade auf dem Sofa den Sonnenstrahlen gefolgt, hörte ich Frauchens Auto. Sie kam mit einem Körbchen herein. Darin lag meine Mama, sie sah ganz verschlafen aus, und 2 kleine winzige Dackelchen. Ein schwarz-rotes Mädchen und ein rotes Bübchen. Frauchen sagte, das sind deine Geschwister. Frauchen erzählte uns, dass mein Brüderchen etwas zu groß gewachsen war und deswegen meine Mama operiert werden musste. Aber alles ging gut und nun waren sie da: Bendis aus der Götterdämmerung und Bacchus aus der Götterdämmerung.

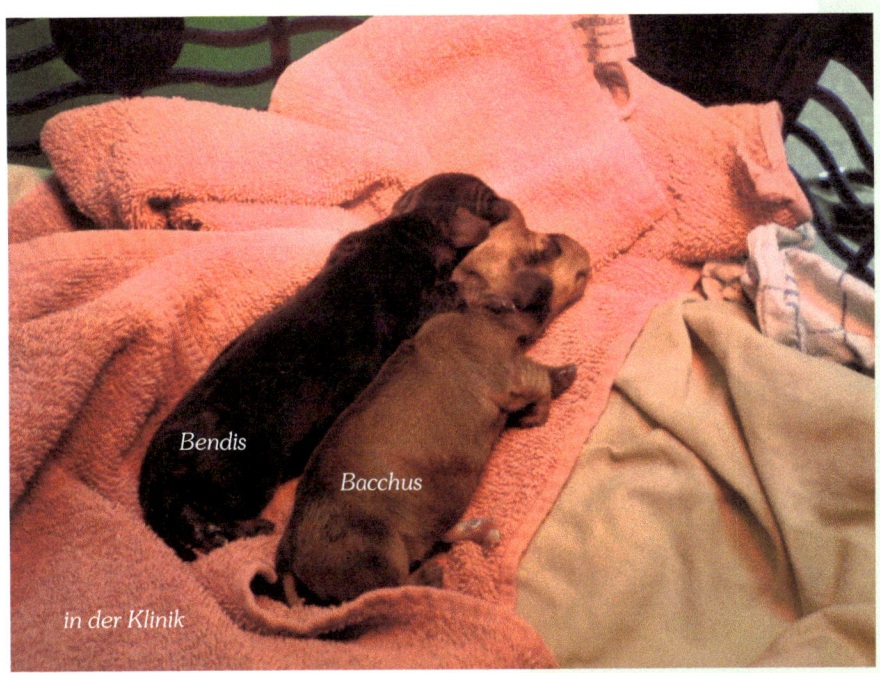

Bendis

Bacchus

in der Klinik

Zofe mit Bendis und Bacchus

Na, hab ich mir gedacht, die sind ja klein, wie soll man denn mit denen spielen? Frauchen hat meine Mama und die beiden Kleinen in das Kistchen gelegt. Meine Tante Luna war ganz aufgeregt, sie wollte unbedingt die Kleinen sehen. Meine Mama war davon nicht so begeistert, sie brummelte ein bisschen. Frauchen hat gesagt, später dürfen wir hin, jetzt nicht.

Ein bisschen hat mir meine Mama gefehlt, sie war nur bei den beiden Kleinen, ich durfte gar nicht mit ihr kuscheln.

Zofe

*Bendis und
Bacchus
ganz müde . . .*

. . . an der Milchbar

43

Nach ein paar Wochen wurde es besser, Tante Luna hatte sich ihren Platz in der Wurfkiste erkämpft, kümmerte sich mit um die Kleinen und meine Mama hatte wieder Zeit für mich. Als die Zwei grösser wurden, durften wir auch zusammen spielen, das war ganz schön anstrengend. Dauernd haben sie einen gezwickt und gezwackt und gepiesackt.

Onkel Rumpel hat geschaut, dass er aufs Sofa kam, von oben hat er nach unten geschaut und sich in Sicherheit gebracht. Schlau, hab ich mir gedacht und bin hinterher. Die Zwei haben gequengelt und gejammert. Da kam Frauchen und hat sie zu uns hoch gesetzt. Also wieder nichts mit Ruhe.

Gerade hatte ich es mir unter der Decke gemütlich gemacht und war dabei ins Land der Träume zu verschwinden, da zwickte es plötzlich ganz heftig an meinem Allerwertesten. Mein kleiner Bruder hatte mir doch tatsächlich in den Popo gezwickt. Frauchen hat nur gelacht und mich von dem Störenfried befreit. Die Zeit verging wie im Fluge. Immer wieder kam ein Zweibeiner, um mit uns und den Kleinen zu spielen. Mein Frauchen sagte, das wird das neue Frauchen von eurem Brüderchen. Bacchus, der jetzt Waldi hieß, liebte sein neues Frauchen sehr. Immer wenn sie kam, spielte sie mit ihm, ging mit ihm raus und brachte Leckerchen und Spielzeug mit. Eines Tages sagte unser Frauchen, es sei nun Zeit Abschied zu nehmen. Waldi müsste nun in sein neues Zuhause fahren. Die nette Frau kam zu uns, hat mit uns allen nochmal gespielt, Waldi saß wieder sofort auf ihrem Schoß und hat sie abgeleckt. Frauchen hat ihn nochmal auf den Arm genommen und hat ihm gesagt, er soll anständig sein und immer horchen, wir würden ihn bald besuchen kommen. Dann hat sie ein bisschen geweint. Meine Mama hat ein bisschen geschaut und gesucht, aber wir Anderen haben sie getröstet. Meine kleine Schwester Bendis sollte bei uns bleiben.

Wir waren ein Herz und eine Seele, sie hat sich alles von mir abgeschaut. Als sie zur Schule gehen sollte, war sie erst ein bisschen skeptisch. Da war sie allein, ohne mich. Frauchen sagt, sie

Bendis

Luna

hat immer geschaut, ob ich nicht irgendwo bin und ihr helfe. Sie hat dann aber ihre Prüfung mit Bravour bestanden, auch ohne mich. Sie ist sogar von ganz allein ins Wasser gegangen. Frauchen ist dann noch mit ihr zu einer Zuchtschau gegangen und dann war sie erwachsen.

Leider haben wir unseren kleinen Bruder nie wieder gesehen. Durch einen tragischen Unfall haben wir ihn mit nur vier Monaten verloren. Unser Frauchen war furchtbar traurig und auch sein Frauchen war untröstlich. Die kurze Zeit, die er bei uns und bei seinem neuen Frauchen war, hat er so viel Freude und Liebe geschenkt, wir werden ihn nie vergessen.

Bacchus
4 Wochen alt

Bacchus – 7 Wochen alt

Ein erneuter Umzug

Die Tage und Wochen zogen dahin und schnell wurde ein Jahr daraus. Eines schönen Tages wurde es wieder unruhig bei uns zu Hause. Frauchen tat geheimnisvoll. Auf einmal tauchten wieder Kisten und Koffer auf, alles wurde verpackt und verstaut.

Diesmal dauerte die Fahrt gar nicht lange, ich hatte mich gerade ins Kistchen gelümmelt, da hieß es, wir sind schon da. Na und dann, ich traute meinen Augen kaum: ein Garten und ein neues Haus.

Apollo im neuen Haus

Wir bekamen unser eigenes Zimmer mit Balkon, vom Wohnzimmer aus konnten wir direkt auf die Terrasse und in den Garten. Einfach herrlich, wir konnten in der Sonne liegen, auf dem Rasen toben und an Blümchen schnuppern. Die Nachbarn waren toll, wir wurden gestreichelt und hatten neue Hundefreunde.

Einen Winter gab es sogar Schnee, wir sind wie die Schneehasen durch den Garten gefegt. Meine Tante Luna hat Schneebälle gefangen und ist mit dem Kopf im Schneehaufen verschwunden, was ein Spaß. Es war eine schöne Zeit.

Luna im Schnee

Zofe und Luna – wo ist das Kuschelbett

Ab und zu musste unser Frauchen mal auf Reisen gehen. Sie lernte dann immer wieder was Neues. Da ich ja sehr brav war, und immer gut gehört habe, was Frauchen gesagt hat, durfte ich immer mit. Der Rest meiner Familie blieb zu Hause und wurde vom Hundesitter oder Herrchen betreut.

Der gebildetste Dackel

Wie schon gesagt, durfte ich immer mit, wenn Frauchen auf Reisen ging. Ich war bei Seminaren dabei, bei Tagungen und Kongressen. Einmal habe ich 6 Stunden auf dem Rücken gelegen und hab mich kraulen lassen. Dabei wurde mein Bäuchlein mit einem Ultraschallgerät untersucht. Viele Tierärzte haben sich so mein Innenleben angeschaut und gelernt. Eines Tages kam ein Päckchen an mich adressiert, mit einer Tüte Leckerchen, ganz für mich, weil ich mich so schön hab schallen lassen. Natürlich habe ich sie mit meiner Familie geteilt.

Einmal war ich als Model unterwegs, da ich ja mittlerweile sehr wasserfreudig war, habe ich ein Unterwasserlaufband vorgestellt. Auf einer Messe in Baden-Baden bin ich ganz tapfer im Wasser gelaufen. So konnten sich alle anschauen, wie das Gerät funktioniert.

Ab und zu haben wir auch nur dagesessen und haben zugehört, das war manchmal ganz schön ermüdend. So dunkel und warm, leises Gemurmel und bei Frauchen auf dem Schoß, da fielen mir auch ab und zu die Äuglein zu. Einmal war ich ganz tief eingeschlafen und Frauchen hat gesagt ich habe geschnarcht. Ganz friedlich und gemütlich, da hörte der Redner auf zu reden und es war für eine Minute mucksdackelstill. In dieser Minute habe ich richtig laut angefangen zu schnarchen. Der ganze Saal hat es gehört und hat geschmunzelt.

Ich war auch mit in den verschiedensten Hotels. Frauchen hatte immer meine Körbchen mit und meine Decken. Meine Näpfe und mein Fresschen. Ich durfte auch mit in die Restaurants, da habe ich mich ganz brav auf meine Decken gelegt und hab gewartet bis Frauchen fer-

Apollo wartet auf Frauchen

tig gegessen hat. Alle waren ganz begeistert, wie lieb ich bin.

Auf der letzten Fortbildung bin ich zum Dackelprofessor honores causa, ernannt worden. Da habe ich viel über das Röntgen gelernt. Da sieht man auf Bildern, wie wir von innen aussehen. Ganz selten war ich nicht dabei, meistens wenn Frauchen nicht weit gefahren ist, oder es nicht erlaubt war. Dann habe ich an der Tür gesessen und gewartet, bis Frauchen wieder da war, dann habe ich furchtbar beleidigt geschaut und Frauchen ein schlechtes Gewissen gemacht. Dann gabs extra Leckerchen und Streicheleinheiten.

Apollo geht zum Ballett

Ich habe euch ja erzählt, dass mich Frauchen immer mitgenommen hat. Einmal war ich ein bisschen krank und mein Frauchen wollte mich unter Beobachtung haben, also hat sie mich zu ihrer Ballettstunde mitgenommen. Na, da war ich aber gespannt, was das wohl ist.

Ich habe mein Bettchen bekommen und durfte mich da hinkuscheln. Dann habe ich mir das Ganze angesehen.

Da waren noch andere Frauchen, die haben ganz lustige Sachen angehabt und standen an einer Stange. Dann haben sie die Beine und die Arme gehoben, alle gleich zu einer wunderschönen Musik, da bin ich fast eingeschlafen.

Plötzlich kam Bewegung in die ganze Versammlung und alle sind umhergesprungen und rumgewirbelt. Dann wurde es wieder ruhiger, sie haben sich wieder hingestellt und sich verbeugt. Dann war der ganze Spass vorbei und wir fuhren nach Hause.

Na und weil ich so ein liebes Dackelmännlein war, durfte ich immer wieder mit. Ich wurde gestreichelt und gelobt und ich wusste immer, wann ich ruhig zu sein hatte und wann es vorbei war. Sobald sich Frauchen nach dem Umherwirbeln verbeugt, geht's nach Hause und dann durfte ich auch aufstehen und wurde gestreichelt. Ich habe schön nach den Klängen von Schwanensee gedöst und gekuschelt.

Meine beiden Nichten

Ich habe euch ja schon von unserer Dackelfamilie erzählt. Dazu gehören Tante Luna, Onkel Rumpel, Tante

Flo, meine Mama Zofe, meine Schwester Bendis und ich. Als wir in unser neues Haus gezogen waren und uns dort gemütlich niedergelassen hatten, kamen noch zwei kleine Dackelmädchen dazu. Meine kleine Schwester Bendis ist selber Mama geworden. Zwei kleine Mädchen, ein Schwarz-rotes und ein Tigerteckelmädchen, haben in den frühen Morgenstunden eines freundlichen Septembertages in einer Klinik das Licht der Welt erblickt.

Bendis kurz vor der Geburt

Meine kleine Schwester war ganz schön überrascht, was da plötzlich rumkrabbelte und quieckte, sie war erst ein bisschen unsicher was sie damit anstellen sollte. Aber unser Frauchen hat ihr geholfen, dann ging es. Sie hat sie geputzt und umsorgt, war aber ganz schön quengelig, und hat in ihrer eigenen Art wie ein Seehund gebellt, weil sie nicht allein mit den Zweien bleiben wollte. Frauchen hat sich dann mit ihr geeinigt, sobald die Kleinen geschlafen haben, durfte sie mit zu uns. Ceres und Chloe aus der Götterdämmerung wurden die Kleinen genannt.

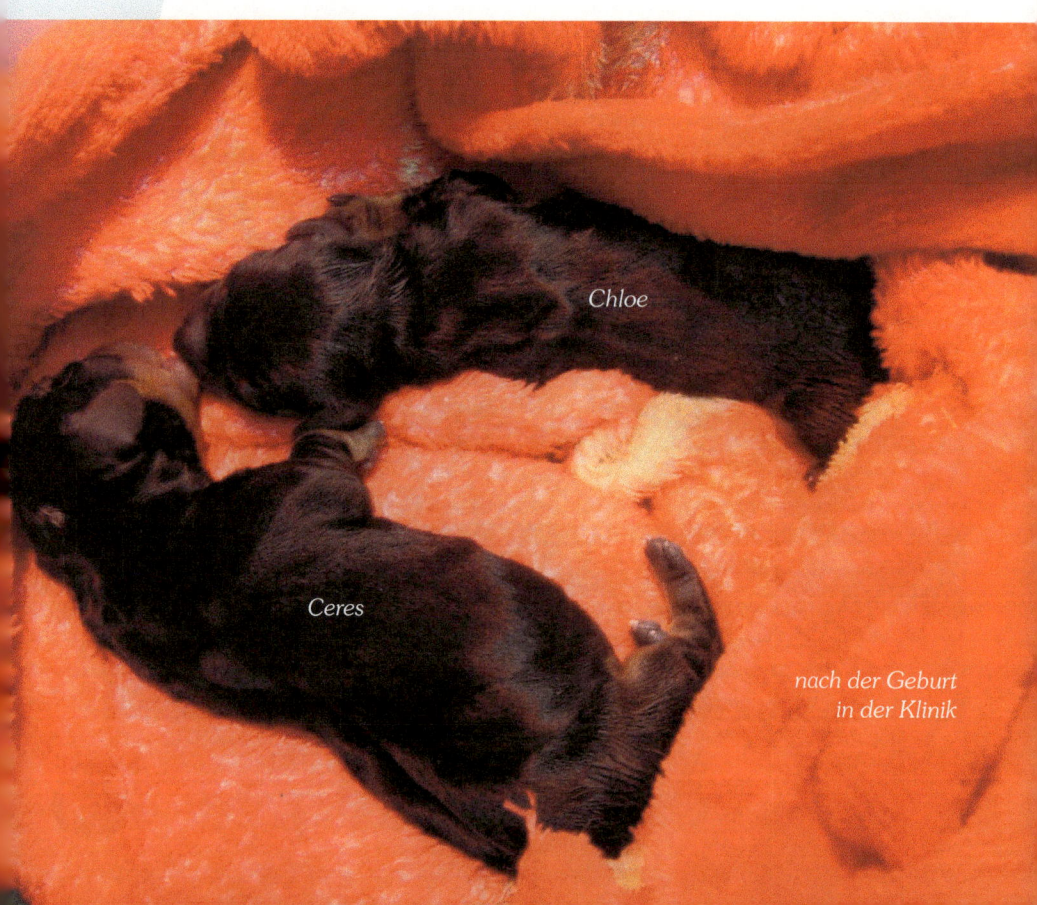

Chloe

Ceres

nach der Geburt in der Klinik

Ceres und Chloe – 7 Tage alt

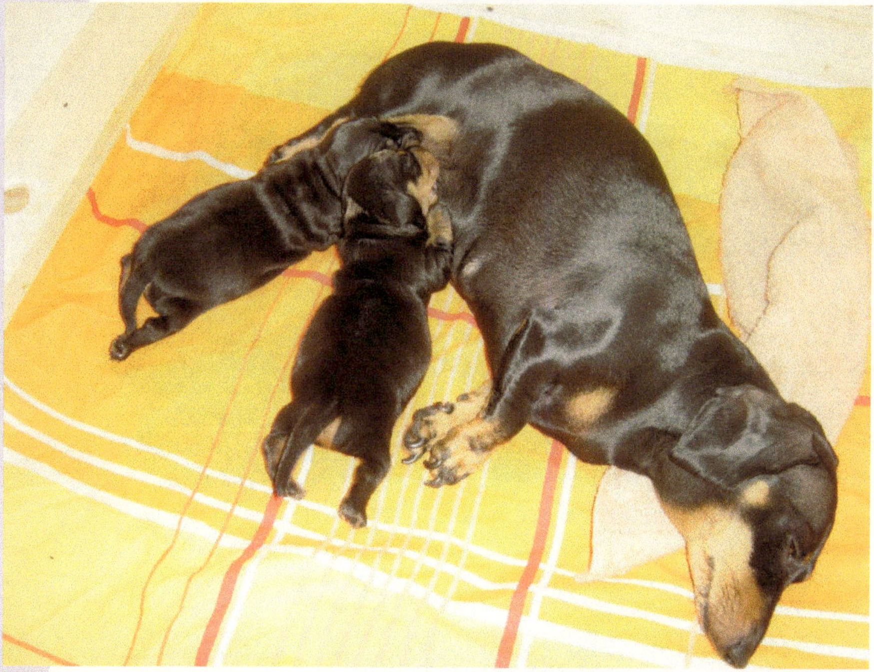

Bendis, Ceres und Chloe in der Wurfkiste

Als sie größer wurden, baute Frauchen wieder das gleiche Häuschen, wie bei meiner Schwester damals, im Wohnzimmer auf. Nun war auch meine Schwester Bendis zufrieden, weil sie wieder bei uns sein konnte und die Kleinen auch.

Als die Zwei fünf Wochen alt waren, ging es Chloe plötzlich ganz schlecht. Sie bekam überall am Körper Beulen und ihre Öhrchen schwollen zu. Frauchen fuhr mit ihr in die Uniklinik in Giessen. Fünf Monate sollte es dauern, bis sie wieder gesund war. Frauchen war ganz schön unglücklich. Wir waren alle so froh, als es ihr wieder besser ging.

Nun waren wir zu siebt. Die 7 Dackelzwerge und unser Frauchen.

Apollo macht Urlaub

Ab und an wurden bei uns die Körbchen gepackt, Decken zusammengetragen, Futter und Spielsachen verstaut. Frauchen holte grosse Taschen hervor und packte auch ihre Sachen hinein. Dann ging es in den Urlaub. Wir fuhren in Frauchens Auto zum Wandern in den Schwarzwald, in den Schnee nach St. Engelmar Glashütt, an die Küste auf den Darß und nach Usedom. Ich konnte es immer kaum erwarten, dass es endlich losgeht, also bin ich schon mal eingestiegen, nur leider sind meine Füsschen zu kurz, ich komme einfach nicht ans Gaspedal.

Apollo – wann gehts los

Es war herrlich den ganzen Tag Frauchen nur für uns und was wir alles erlebt haben. Mitten im Schneegestöber blieb unser Gefährt liegen, Frauchen war überhaupt nicht erfreut, nach mehreren Versuchen mussten wir das Gefährt dort lassen und alle unsere Kisten und Kästen mussten in ein anderes Auto umgeladen werden.

Sankt Englmar im Schnee

Als wir an der Küste waren, das ist ein Ort mit ganz viel Wasser und viel Sand zwischen den Pfötchen und vielen lustig aussehenden Vögeln, hat uns Herrchen um die ganze Insel gefahren – in einem Fahrradanhänger. Das

Flo

war toll, wir alle durften uns hinten reinkuscheln und wurden so chauffiert. Wir waren das Bellomobil, alle die uns getroffen haben, haben gelacht.

Darß

Darß

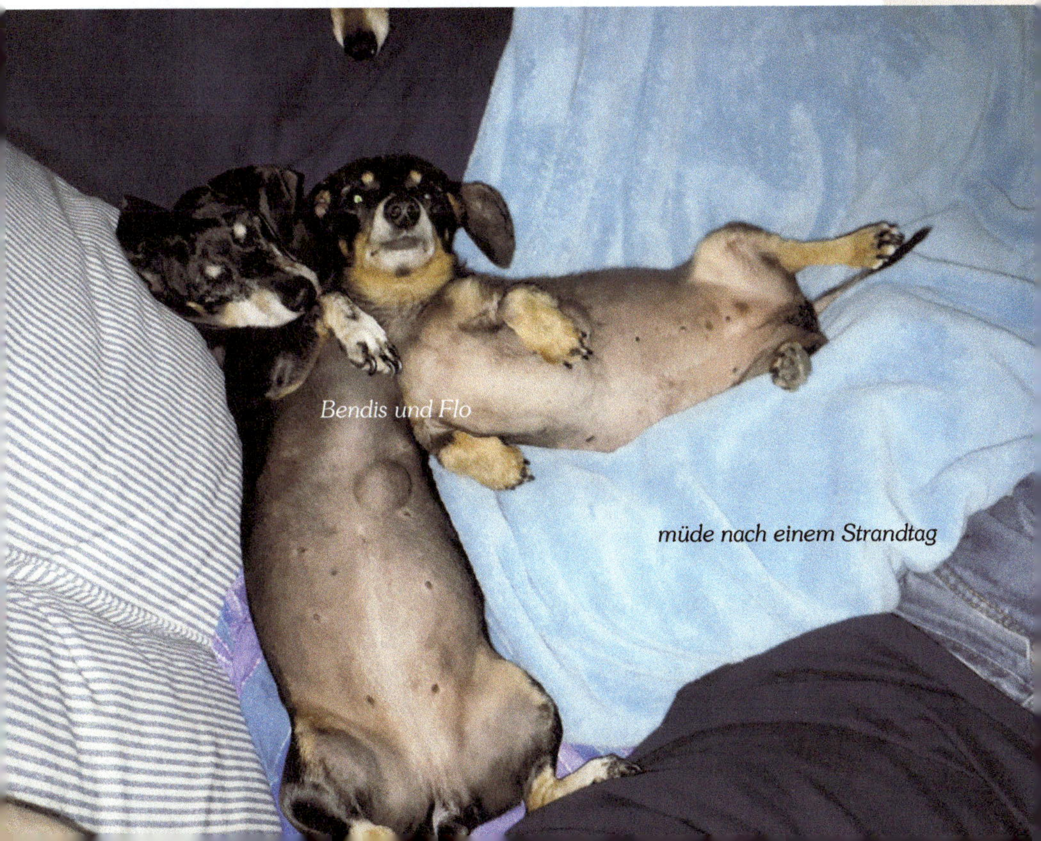

Bendis und Flo

müde nach einem Strandtag

Ahrenshoop Strand

Apollo am Strand auf dem Darß

So haben wir viel Freude verbreitet. Im letzten Jahr waren wir mit Frauchen und ihrer Mama und ihrem Bruder auch unterwegs, wieder zur Küste. Diesmal waren nur meine Tante Flo und ich mit dabei. Meine kleine Schwester Bendis und meine kleinen Nichten Ceres und Chloe blieben bei Herrchen. Frauchen hatte ein Wägelchen mit, in dem konnten Flo und ich sitzen, wenn wir unterwegs waren, oder ich durfte zu Frauchen in den Rucksack. Weil mein Herzchen nicht mehr ganz so gut arbeitet und ich mich nicht überanstrengen darf. Es war herrlich, diese frische salzige Luft, dieses Wasser, erst kommt es zu einem hin, dann rennt es vor einem weg. Ich habe es angebellt und es ist vor mir davon und plötzlich waren meine Füsse nass. Wir hatten soviel Spass.

Apollo – der kleine Dackel und das Meer

Apollo und Flo im Buggy

Einen Tag sind wir in eine große Stadt gefahren, dort wollte Frauchen in ein Meeresmuseum, ein tolles Haus mit vielen vielen Fischen und anderen Meeresdingen, tja aber wir zwei Dackelinge durften nicht mit, auch nicht im Wägelchen. Frauchen war gar nicht erfreut. Ja, nun also blieb sie mit uns im Auto und Frauchens Mama und Bruder gingen allein, dann kam Frauchens Mama zu uns und blieb bei uns, so konnte Frauchen auch noch in das Museum gehen. So ist unser Frauchen.

Besonders gern fahren wir auch in den Schwarzwald nach Durbach. Dort ist ein tolles Hotel, sehr dackelliebend.

Dackelhimmel vor dem Kamin in Durbach

Wir waren schon ein paar Mal dort und immer wieder ist es toll, ein kleines Feuerchen um sich das Dackelbäuchlein zu wärmen und viele liebe Leute.

Man kann durch die Weinberge laufen oder wie in meinem Fall, wird durch die schöne Landschaft im Wägelchen geschoben. Wir sind bis zu einem Schloss gewandert und Frauchen und Herrchen haben tolle Bilder gemacht.

Durbach

Zofe vor den Weinbergen auf Schloss Staufenberg

Veränderungen – wir werden älter – Tante Lüni

Auch in unserem Leben kommen stets Veränderungen vor. Kein Tag ist wie der andere, immer gibt es was zu entdecken, erleben und auch wir werden älter. Mittlerweile ist auch wieder ein Herrchen bei uns eingezogen.

Er hat uns alle sehr lieb, spielt mit uns und geht Gassi mit uns. Meine Tante Luna, von uns alle liebevoll Lüni genannt, wurde sehr krank, sie konnte nicht mehr allein essen. Frauchen fuhr mit ihr und uns überall hin, sogar in die Schweiz, dort gab es Spezialisten. Lüni bekam eine Magensonde, das war ein kleines Schläuchlein, darüber bekam sie dann ihr Fresschen. Das hat Frauchen ganz flüssig gemacht. Sie war immer ganz fröhlich, hat mit uns gespielt, aber sie hat oft ein Spuckerchen gemacht. Sie war etwas ganz besonderes, jeder weiß, dass er nicht bei den anderen aus dem Futternäpfchen mopsen darf. Unsere Lüni ist immer ganz schnell zum fremden Napf, hat sich die Backen vollgestopft, ist dann zu ihrem Napf, hat es da hinein gespuckt und dann ganz unschuldig geschaut. Wenn Frauchen was sagen wollte, konnte sie ja nicht, weil, es lag ja in ihrem Napf. So schlau war sie. Meine kleine Schwester Bendis hat das perfektioniert, sie ist zu Tante Flo, hat ganz unbeteiligt geschaut, eine Vorderpfote ausgestreckt und blitzschnell den Napf zu sich gezogen. Dann hatte Flo keinen Napf mehr, sie hatte einen und aus dem hat sie dann gefressen.

Eines Tages hat Frauchen zu uns gesagt, dass wir unsere Lüni gehen lassen müssen, sie hat gesagt, sie geht nun zu Waldi und zu unserer Tante Vesta, die wir alle nie kennengelernt haben. Vesta war ein kleines Dackelmädchen, das zu Frauchen kam, als sie selbst noch ein kleines Mädchen war. Sie war es, die unserem Frauchen die Liebe zu uns Dackeln beigebracht hat. Über 16 Jahre war sie an ihrer Seite, dann kam der Tag an dem unser Frauchen sich von ihr verabschieden musste. Es war ein schrecklicher Tag für unser Frauchen. Unsere Tante Lüni hat ihr wieder Freude gebracht, sie wurde in dem gleichen Zwinger geboren wie ihre Vesta vor 16 Jahren. Die Mama von unserer Luna, war die Schwester von meiner Mama. Ihr seht, wir waren alle eine große Familie. Meine Mama Zofe und Tante Flo waren auch Schwestern.

Aber ich schweife ab. Frauchen hat uns alle ganz fest gekuschelt und hat unsere Lüni mitgenommen. Zu Hause wurde es eine Zeit lang sehr ruhig, wir alle haben sie sehr vermisst. Frauchen hat gesagt, jetzt geht es ihr wieder gut und sie wacht über uns allen.

Luna

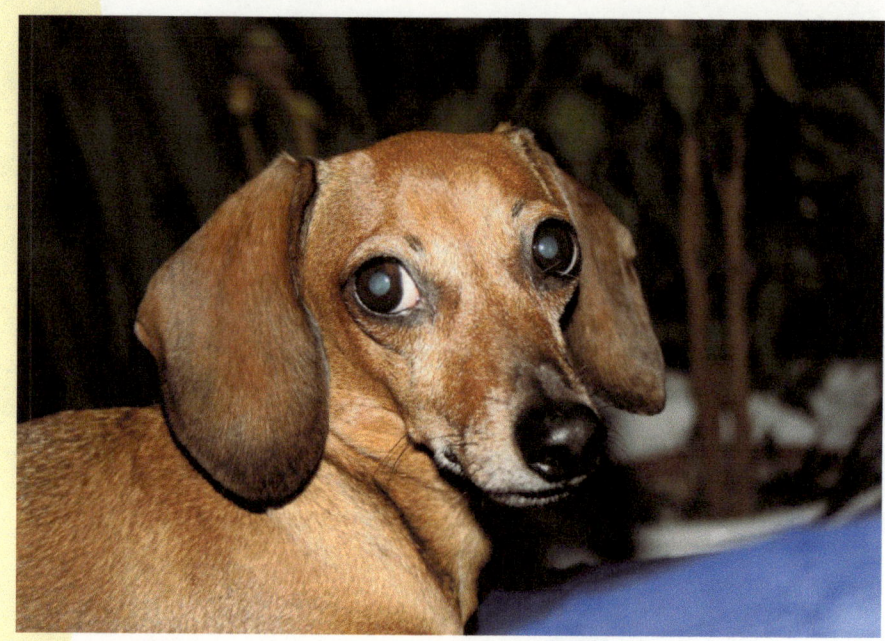

Luna

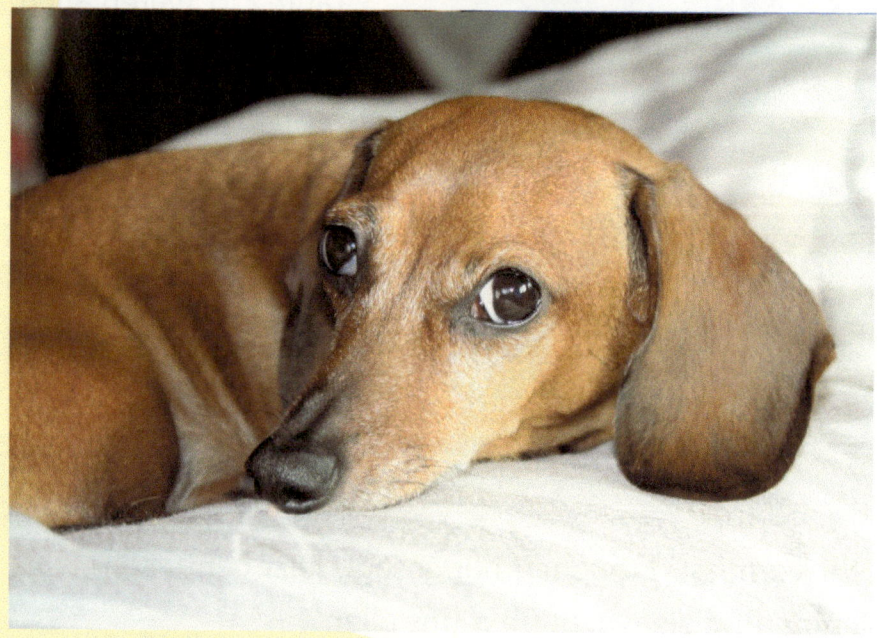

Aus unseren 2 kleinen Mädchen wurden große Mädchen und Ceres durfte auch in die Schule gehen. Chloe war noch zu zappelig, also bekam sie eine Schonfrist und Privatunterricht von einer ganz lieben Hundetrainerin. Leider wurde unsere Chloe immer wieder krank und musste operiert werden, aber was so ein kleines tapferes Mädchen ist, lässt sich davon nicht unterkriegen. Sie wurde wieder gesund und war genauso ein Wirbelwind wie vorher.

Unser Frauchen war mittlerweile mit uns zu unserem Herrchen gezogen, aber so ein Umzug macht mir nichts mehr aus, nur für die Kleinen war es was ganz Neues. Eine Weile haben wir in diesem kleinen Häuschen gewohnt, dann wurde es wieder unruhig bei uns. Frauchen und Herrchen waren viel unterwegs, wir haben viel Zeit bei Frauchen in der Praxis verbracht, dabei hab ich immer in der Anmeldung gesessen und aufgepasst. Mir ist nie etwas entgangen.

Frauchen hat gesagt, sie baut uns ein neues Zuhause, in dem wir unser eigenes kleines Reich bekommen sollten, einen schönen Garten und eine Terrasse auf der wir sonnenbaden können, so lange wir wollen. Dann war es – mit Umwegen, wir haben nämlich erstmal bei Frauchens

Mama gewohnt, weil unser Häuschen noch nicht fertig war – soweit, wir konnten einziehen.

Unser neues Heim

Seit über 2 Jahren wohnen wir nun in unserem schönen Domizil, Frauchen hat alles Dackelsicher gemacht, wir haben sogar eine Rampe, um in den Garten laufen zu können. Wir teilen uns den Garten mit 5 Schildkrötendamen: Gertrud, Kunigunde, Brunhilde, Emma und Elsa. Sie haben einen schönen Auslauf mit eigenem kleinen Bachlauf und Gewächshaus zum Schlafen.

In einem kleinen Teich lebt eine Goldfischfamilie und im Meisenhäuschen lebt eine Meisenfamilie. Frauchen hat ein Gewächshaus, in dem viele leckere Pflänzchen wachsen. Sie hat Erdbeerchen, Brombeerchen und Himbeerchen gepflanzt, wir dürfen jederzeit auch mal ein reifes Beerchen pflücken. Unsere Chloe kann das prima, sie spitzt ihre Lefzen und zupft ganz vorsichtig die Beerchen von den Stengeln. Ich warte bis Frauchen das erledigt und mir die Leckerei bringt.

Kunigunde

Brunhilde, Kunigunde, Gertrud

Familie Goldfisch

Flo

Ceres

Apollo

Zofe

beim Sonnenbaden

Chloe und Apollo

*Ceres
Zofe
Apollo*

Mama Zofe

Wir fühlen uns hier alle sehr wohl, Frauchen hat ihre Praxis unter unserem Häuschen und hat dadurch viel mehr Zeit für uns. Leider haben wir im letzten Jahr meine über alles geliebte Mama Zofe zu unserer Tante Lüni gehen lassen müssen. Sie ist ganz friedlich in den Armen von Frauchen eingeschlafen, wir waren alle um sie herum, so war sie nicht allein. Sie fehlt mir sehr. Sie war mein

Mama Zofe

Tante Flo

Ruhepol, und hat mich immer wie ihren kleinen Welpen behandelt, obwohl ich schon erwachsen war. Chloe hat sich ihren Platz in Frauchens Bett geangelt. Sie hat sich ganz vorsichtig Stückchen für Stückchen ihr Plätzchen gesucht. Meine Tante Flo ist auch schon eine graue Eminenz. Sie ist die alte Dame unserer Familie. Sie schläft nun viel, aber sobald einer von uns seine Öhrchen geputzt haben möchte, ist sie hellwach und putzt uns sauber. Mit einer ihr eigenen Hingabe putzt und schleckt sie uns. Frauchen sagt, wir müssen jeden Tag genießen, solange unser Flöhchen noch bei uns ist. Sie hat eine lustige

Eigenart entwickelt, sie nimmt sich ein Stückchen Futter aus ihren Näpfchen, bringt es ins Esszimmer, legt es auf den Teppich, schaut sich um, dann holt sie ein weiteres Stückchen, dieses frisst sie dann und so geht es immer weiter bis das Näpfchen leer ist. Zwischendurch geht sie trinken, dann in den Garten und dann wieder fressen, ein richtiges Ritual.

Wir sind mittlerweile eine kleine Dackelgemeinschaft geworden, Flöchen ist zwar die graue Eminenz, aber nachdem Tante Lüni über die Regenbogenbrücke gegangen war, habe ich das Rudel übernommen und geleitet. Meine Mama und Frauchen haben mir dabei geholfen. Ich habe geleitet und Streit geschlichtet, eine schöne, aber auch manchmal schwere Aufgabe. Wenn mein Frauchen gemerkt hat, dass es mir zu viel wurde, hat sie mich genommen und mir eine Urlaubszeit gegönnt. Ceres ist da manchmal besonders aufdringlich, sie möchte es mir immer Recht machen und putzt ständig an meinem Mäulchen herum. Meine kleine Schwester Bendis ist auch schon 11 Jahre alt, meine kleinen Nichten 8 Jahre und ja, ich bin nun auch schon 13 Jahre alt.

Ein älterer Dackelherr, im Kopf noch ein kleines Dackelmännlein, der sich an all die schönen und traurigen Zeiten erinnert.

Chloe   Bendis   Ceres

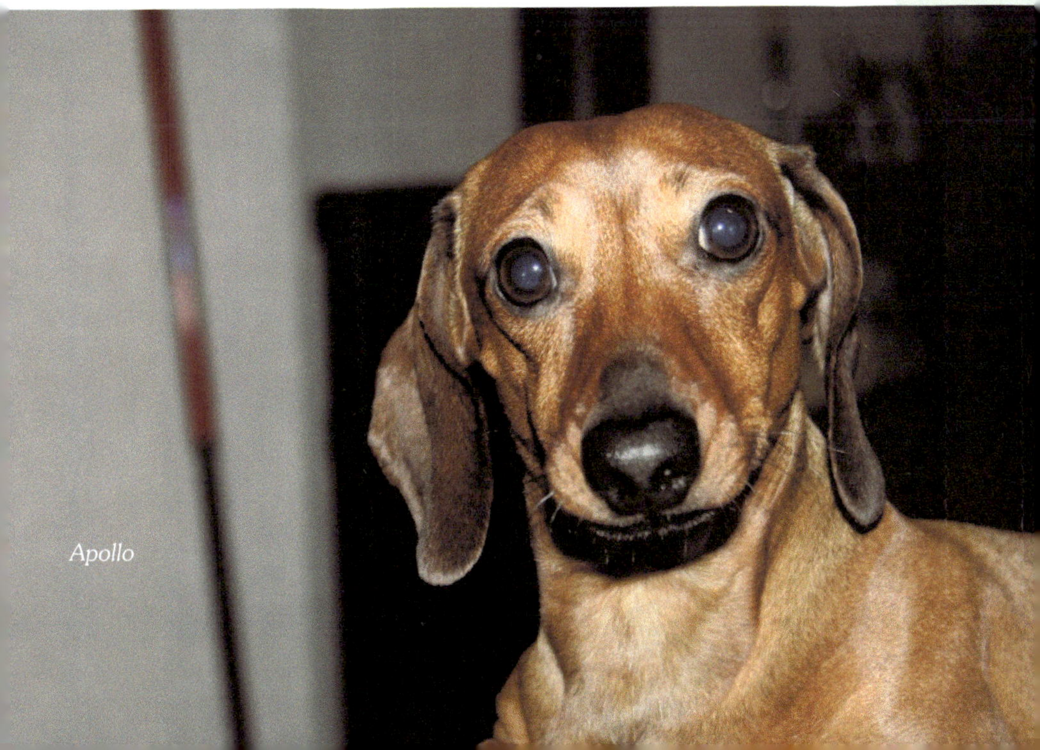

Apollo

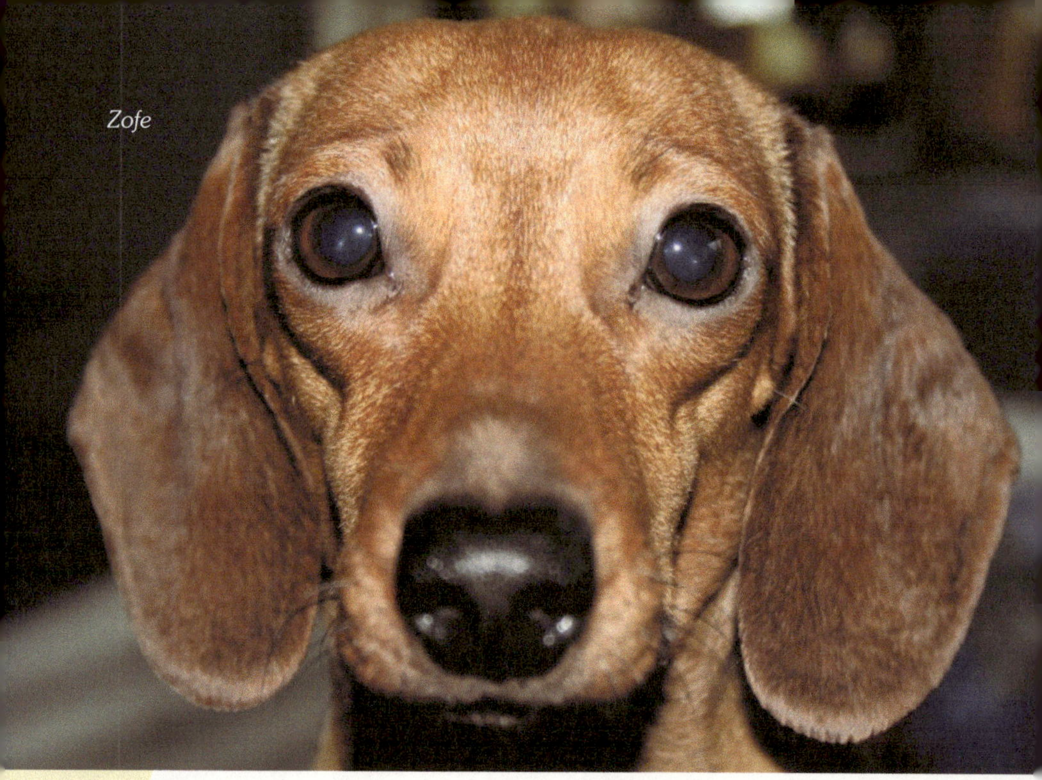

Zofe

Ceres   Bendis   Apollo   Chloe

Meine Aufgabe als Schreiberling

Ich habe die Aufgabe erhalten, alles aufzuschreiben was meine kleine Familie erlebt hat, aber das ist noch nicht alles. Auch jetzt unterstütze ich Frauchen, indem ich immer kleine Anekdoten, Neuigkeiten und Wissenswertes für ihre Praxis aufschreibe. Ich habe sogar eine kleine Fangemeinde. Manchmal plaudere ich auch nur ein wenig aus dem Nähkästchen.

Wenn es mir einmal nicht so gut geht, weil mein Herzchen ist sehr krank und ein kleines Krebstier kämpft in meinem Körper, dann vertritt mich meine kleine Schwester Bendis. Sie ist dann immer sehr aufgeregt, aber ich

Chloe   Apollo   Flo   Zofe   Ceres   Bendis

beruhige sie und sage, das machst du schon. Na, und dann klappt es auch.

So meine Lieben, das war oder ist meine Geschichte, ich hoffe, sie hat euch gefallen.

Alles Gute euch allen, bleibt uns Dackelchen gewogen, wir sind ein eigenwilliges, stets lerneifriges, wissbegieriges, zutiefst treues Völkchen, das für unsere Frauchen und Herrchen durchs Feuer geht. Mein Frauchen sagt immer, ohne uns wäre die Welt nur halb so schön, na und was wäre eine halbe Welt.

Euer Apollo aus der Götterdämmerung

Frauchen und ich

Anne Teutschbein-Licha ist in Berlin aufgewachsen und hat als 10-jährige ihr Sparschein für ihre erste Dackeldame, namens Vesta, geknackt. Nach ihrem Studium der Veterinärmedizin zog sie nach Niedersachsen. Dort arbeitete sie in einer Kleintierklinik und Großtierpraxis und gründete den Zwinger „aus der Götterdämmerung". Hier wurde Apollo geboren. Nach ihrem Umzug nach Baden-Württemberg eröffnete sie 2009 ihre eigene Kleintierpraxis in Ubstadt. Nachdem Apollo auf Facebook sich einer wachsenden Fangemeinde erfreut, beschloss sie, ihn sein eigenes Buch schreiben zu lassen.

Apollos Nachwort

Ihr wisst ja, dass ein Dackel immer das letzte Wort haben muss. Manchmal ist es auch ein kleinlautes trauriges. Nachdem dies kleine Büchlein fertig war, mussten wir uns leider von meiner Tante Flo verabschieden. Unsere Flo wurde mit dem klangvollen Namen „Xandria von der schönen Weide" geboren. Sie war der kleinste Welpe, der in diesem Zwinger das Licht der Welt erblickt hat. Deswegen bekam sie den Spitznamen „Flo". Aus einem kleinen Zwergdackelmädchen wurde ein noch kleineres Kaninchendackelmädchen. Auf einer Ausstellung wurde dies sogar amtlich festgestellt. Jaja, unsere Flo zog vom Zwergdackelstammbuch ins Kaninchendackelstammbuch um. Leider können wir die Zeit nicht anhalten und die Jahre vergehen. Als betagte Dame hat sie uns immer noch geputzt und die Öhrchen kontrolliert. Ungewaschen hat niemand das Haus verlassen. Frauchen sagt, sie ist jetzt bei meiner Mama und bei Tante Lüni und Vesta. Sie ist nur vorausgegangen, sie wird immer bei uns sein, wir werden sie sehr vermissen.

Euer Apollo